80年代
新诗经典

未恋的短歌

胡万俊／著

西南师范大学出版社
国家一级出版社 全国百佳图书出版单位

图书在版编目（CIP）数据

未恋的短歌 / 胡万俊著. -- 重庆 : 西南师范大学出版社, 2017.8
ISBN 978-7-5621-8836-0

Ⅰ. ①未… Ⅱ. ①胡… Ⅲ. ①诗集—中国—当代 Ⅳ. ①I227

中国版本图书馆CIP数据核字(2017)第164809号

未恋的短歌
WEILIAN DE DUANGE
胡万俊 著

总 策 划： 蒋登科 吕 杭
责任编辑： 张 昊 吕 杭
封面设计： 闰江文化
版式设计： 尚品视觉 CASTALY 周 娟 刘 玲 李 扬
出版发行： 西南师范大学出版社
地址：重庆市北碚区天生路2号
邮编：400715
网址：http://www.xscbs.com
印 刷： 重庆紫石东南印务有限公司
开 本： 889mm×1194mm 1/32
印 张： 6.5
字 数： 140千
版 次： 2017年10月 第1版
印 次： 2017年10月 第1次印刷
书 号： ISBN 978-7-5621-8836-0

定 价： 42.00 元

J. 1681.H.

乐谱出自贝多芬《致远方的爱人》

目

MU
LU

录

同一片蓝天

未恋的短歌

童年·少年

乡情

代跋

同一片蓝天

TONG YIPIAN LANTIAN

poco
sfp
pp
As _ tre dont la flam _ me do _ re
Seht ihr Wol _ ken sie dann ge _ hen
Les mou _ ta _ gnes d'a _ len _ tour, Por _ te à cel _ le
sin _ nend in dem stil _ len Thal, lasst mein Bild vor
que j'a _ do _ re Un ray _ on de mon a _ mour!
ihr ent _ ste _ hen in dem luft'_gen Him _ mels _ saal.
Chantre ai _ lé de
Wird sie an den
pp
Ped.

露珠

露珠
是明亮的眼睛
太阳出来了
它把看到的美景
匆匆转告给
草叶的心

1980.12.7

希望

我把我的一切
藏进生活的底片
让岁月的流水
冲洗
坚信吧，最终将
冲洗出
我——自——己——

| 1981.3.23

理想

空谷中的幽兰
深山里的蜡梅
蜃楼飘来的驼铃
驶向海市的帆桅
它在前方
倾听你的宣言
注视你的描绘
更微笑着
清点你的足迹
计量你的汗水

1981. 5.1

额

我的额很宽阔
这是一块希望的山坡
皱纹，不用脂粉填平
既是汗水的渠道
就必能取得收获

1982.1.26

二胡演奏者

一曲柔婉而微妙的风光
绕上啪啪炸响的套马杆
我沿着每一束目光行走
都找到一片音乐的草原

我看见了清秀的山水
我听见了牧女的呼唤
还有贞洁的红柳和胡杨
还有解冻的雪岭和冰川

树的热泪缓缓地落下
春的请帖纷纷地飘旋
朝阳站在冬的山顶
晨风掠过梦的边缘

一缕古老的马尾
两根古老的弦
你用青春拉响心灵的旋律
成为春夜最迷人的片断

1982.3.9

拾零

1

风灌进来掀翻了纸张
一位同学走去关好了玻窗
我的心窗却打开了
一只鸟儿在雨中飞翔

2

我不敢闭上眼睛
担心天空会失去两颗星星

3

我是一页远征的帆
望你吹一口发自肺腑的风

1982.3.15

偶拾

1

春笋脱掉一层外壳
便增添了一分向上的力量

2

成熟的果实垂下了头颅
是在向天空和大地敬礼吗

3

课桌，一块凝固的海面
翻开的书是航船
直立的笔是桅杆

4

我跑步时舞动的双臂
不是为了想把你阻挠

1982.3.20

笔

握紧吧
握紧手中的笔

耕耘知识的土地
抒写青春的日记

墨水，渗透了理想的琼液
笔尖，凝聚着探求的毅力

写吧，庄严、谨慎
切莫留下涂改的痕迹

写一行，就造就一级登攀的阶梯
写一页，就填完一张青春的履历

写吧，不要使用句号
人的一生，理当奋进不息

最后，蘸着流下的汗水甚至
血滴
打一串省略号
标志着生命的延续

握紧吧
握紧手中的笔

1982.4.18

背景

树上飞下声声鸟鸣
微风摇乱双双眼睛

沐浴着每一缕朝霞
推开了每一扇窗门

一个开始散雾的早晨
一块盛开歌声的草坪

我想避开所有的镜头
不愿进入别人的背景

1982.4.19

校园黎明

我醒了，抽出枕下的书
翻到那个失落在书页里的梦境
伴随着叽叽喳喳的鸟鸣
一滴晶亮亮的露珠滑下窗棂

我轻轻地拉开了房门
淡淡的曙光便是第一位客人
哦，昨夜还下了一场小雨
难怪有很多珍珠般的种子
哗哗地送进了我的心
而我的心还印满了春的脚印
像对面山坡上的沃田一样湿润

从路旁的碧柏和塔松之间
又飘来了运动场里绿色的足音
这是毫不单调的生命的重复
叩醒了校园的又一个黎明
我知道，我起得并不算最早
但梦醒后真正的步伐
毕竟从现实的床前开始了旅行
于是，按照昨夜精心的构思
我打开一本用朝阳装饰封面的诗集
走向图书馆后那一条
在朝霞中默默延伸的小径

1982.4.20

面对生活的试题

当你在思索的阶梯上步步登高
当你在探求的原野间采集芳草
当你在友谊的沙滩边拾取彩贝
当你在爱情的丛林中苦苦寻找

生活，出着试题
一道，接着一道

朋友
请不要使用逗号
热血的奔流怎能有片刻的停顿
请不要使用句号
人，岂能睡在长了几棵小树的山坳
请不要使用破折号
让时间去向未来的子孙解说吧
否则，你和她的生命线始终无缘相交

哦，是的
我喜欢惊叹号
我要在美的海洋里把诗句垂钓
我喜欢省略号
我想翻译每丝意味深长的微笑
我喜欢等号
它像负载青春的笔直轨道
我喜欢问号
这是一把收割结论的镰刀……

答吧，面对生活的试题
珍惜时代给予的每分每秒
用行动的笔昼夜地解答
历史，不容许任何人补考

1982.5.5

走向生活的早晨

被盖，包裹着魂兮归来的祝福
鸟语，把崭新的目光钓出窗户
翻身一跃，我走向生活的早晨
早晨，时间稀释出淡淡的薄雾

浑圆透亮的露珠
是我昨夜滚烫的汗滴
在青春的枝叶上闪着成熟
雨花，淋湿了广袤的田野
我昨夜激动的泪水
也泡软了心灵这块肥沃的领土

看呀，梦里疯狂的脚步
已在东方踩出一弯山垭
不，踩出了一张绷紧信仰的强弩
而一支镀满朝霞的箭头
正是中间那一棵笔直的树
向着此刻，我的
——天空般辽阔的心胸
弹射了一次壮丽的日出

| 1982.6.18

修鞋小摊

我在大学生的宿舍楼门边
安置了一个修鞋的小摊
同样有价值的青春正是我的骄傲
所以，我真正的使命不在于攒钱

我为铮亮亮的皮鞋钉掌
让健美的舞曲在迎新晚会上旋转
我为破断了的鞋帮绱线
使泥泞不再渗进由衷的祝愿
我用“海豹”抹去生活的灰块
很忙碌，无暇回敬偶尔丢来的白眼
我用“万能”胶粘紧松滑的思绪
很细致，向年轻的心灵赠送柔韧的情感

早晨，我哼着歌儿来了
我有权为他们担来特殊的方便

傍晚，我收拾好工具箱
总爱清点一下汗水挣来的欣欢
然后，沿着那一条玫瑰色的林荫路
走向生气勃勃的“自修大学”
走向父母欣慰的微笑
走向女友真心实意的称赞

是的，我唯愿失业呀
也希冀城市的柏油大道不被污染
也盼望乡村的羊肠小径变得平坦
人们啦，为了我未来的孩子
不再学我的姿势蹲在这里
我，我愿把该修的鞋统统修完

平静地，我在大学生的宿舍楼门边
安置了一个修鞋的小摊
让别人去争论这是否和谐吧
我经常低视的睿智的目光
也能射出美丽的校园
看到我和祖国辉煌的明天！

1982.7. 3

我，灌育着青春的花朵

——写在处女作发表时

我，灌育着青春的花朵！

社会的天平开始接纳我的价值，
我雀跃，我感奋，我冷静地思索；
当心灵萌生出一片耀眼的新绿，
岁月的流沙不会湮没失去的生活……

我，灌育着青春的花朵！

妈妈曾在乡间小道上教我学步，
面对青天我恨不得把声带笑破；
当玫瑰色的幻想被罩上阴霾，
荒芜的心田里究竟收获了什么？

我，灌育着青春的花朵！

冻结的河流涣然冰释，
周身的血液却濒临干涸；
明媚的春晓驱除了残冬，
无情的皱纹也爬上了鬓额……

我，灌育着青春的花朵！

爱情的种子催生出幼芽，
我难堪地备尝了失眠的折磨；
因为匮乏诗篇送给她写进历史，
我痛切地自责智力为何如此孱弱……

我，灌育着青春的花朵！

我张开肺叶狂吸着温馨的空气，
我扑进新天地承受着春雨的恩泽；
我在早春之歌里开始了艰辛的耕耘，
汗水和诗稿激动着妈妈的笑靥……

我，灌育着青春的花朵！

诗，便是我生命之树上鲜嫩的绿叶，
我在绿叶的鲜嫩中汲取惊人的快乐；
尽管一颗小星的光华并不格外耀眼，
但这个诗的时代将把我引进诗的银河……

我，灌育着青春的花朵！

是的，我毅然走出了妈妈的视野，
胸怀广博的母爱去踏平坎坷；
因为，我不仅属于我的妈妈，
更属于生我养我支撑我的伟大祖国……

我，灌育着青春的花朵！

我，不是一滴眼泪，
因黄连的苦口而悄悄地流落；
我，不是一线风筝，
竟让顽童摆布，发出主宰者的欢乐……

我，灌育着青春的花朵！

我，不是一丝微笑，
廉价的感情赤裸裸地装进笑涡；
我，不是一只候鸟，
趋奉时令，碌碌于朝秦暮楚的结合……

我，灌育着青春的花朵！

啊，我是一条春蚕，
挣破了茧壳，化蛹成蛾；
啊，我是一溪流水，
喝退了深山，汇进江河……

我，灌育着青春的花朵！

啊！
我是荒山中的一舌火苗，
我是沙漠里的一峰骆驼，
我是茫茫人海的一朵浪花，
我是皓皓太空的一组星座……

我，灌育着青春的花朵！

妈妈呀，我正在履行您的嘱托，
时间呀，请向我未来的子孙解说；
当我昂首跨进明天那神圣的门槛，
生命之树上，将缀满
溢金流彩的硕果！

我，灌育着青春的花朵！

1982.7.17

天真

我要向天真的童年
索回失去的天真

什么时候，我学会了狡猾
什么时候，我学会了逢迎
什么时候，我学会了搪塞的遁词
什么时候，我学会了明智的“高论”

我要向天真的童年
索回失去的天真

用天真的词句，讴歌伟大的现实
用天真的口吻，针砭残存的弊病
用天真的笔触，抒写青春的日记
用天真的色彩，描绘明天的画屏

我要向天真的童年
索回失去的天真

1982.9.22

我们

想进入一座丰饶的森林
只能用美梦铺成畅通的幽径
想沿着陡峭的岸边踩下足印
只能用目光勒成长长的纤绳
想把霞光般的回忆留在路边
而晨风却轻轻地带走了歌声
想寄赠一封热烈的情书
但尚未找到一个恰当的姓名

不要焦虑，何必苦闷
——据说，这是青春的通病

请过滤我的任何一滴血液
请化验我的任何一缕眼神
我相信我的血总是热的
我相信我的心瓔珞般透明
岁月的小船已经驶出了
曲折的峡口
头上的天空永远飘着一锦
七月的巧云

既然我们是今天与明天间
杰出的焊手
那么，让脚步从这个早晨
开始远行

1983.1.3

月亮

玫瑰色的幻想突然被沉凝的暮霭吞没
我不得不在漆黑的旷野里艰难地摸索
终于，你从远方的树梢上冉冉升起
温柔的光华泻进我灵魂深处荒芜的角落

于是，你成为我旅途上忠贞的伴侣
引导我跨越深涧、穿过荒漠
啊，当我含着热泪采一束黎明的朝霞
悄然地，你却沉下了最遥远的山坡

1983.1.11

雪

瑞雪图，塑造了我圣洁的形象
赞美诗，讴歌了我无瑕的内涵
然而，我要彻底地融化
让大千世界恢复本来的容颜

我把爱情献给了嫩绿的麦苗
我将热血注进了溪流的呐喊
融化吧，让洁白的粉饰趁早消逝
而阳光正是我获取勇气的源泉

1983.1.28

我二十岁了

脚步和高峰
又缩短一段距离
我克服了十九年的惰性
登上二十岁崭新的阶梯

脚下，再垫一座峰峦
对面，突出几丛山脊
充满汗滴的脚印
跟在身后
是一串省略号
标志着生活的延续

二十岁，鲜花般的妙龄呀
一幅有声的画面
一行立体的诗句

我的童年和少年
已随时间的薄雾一同飘去
今天，我也是真正的青年了
我要攀登花的栈道
踩下岁月设置的每一阶石级
为我的中年和老年
建筑上升的丰碑
塑造美好的回忆

1983.4.21

写在二十岁生日

度完了十九个春秋
撕去了十九本日历
举起双手接下温暖的阳光
用信念的银锄铲掉野草和荆棘
早就从妈妈的怀抱里挣脱了
走过童年的乐园
涉过少年的小溪
现在，我真正地跑进了
住着青年男女的开阔领域

在忙碌与忙碌之间的空隙
我去拜访那些关怀我的邻居
羡慕的眼光，羡慕地
打量着树上累累的果实
以及仓库里金灿灿的稻米
尽管，我的那几棵幼苗
还很柔弱、稚嫩
像几行印在处女作上的诗句
但我有了十九年的教训和经验呀
当然就无暇抽出时间叹息

记住邻居的忠告吧
遵循“种瓜得瓜”这一条祖传的真理
我诚恳地洒下青春的汗水
这是滋润生命的春雨
而我的踏踏实实的双脚呀
也恨不得长出无数坚韧的根须

1983.4.22

我不悔恨

1

旋转的陀螺被尖石撞破了
爷爷会锯一截更好看的木墩
劲儿使得太大了
毽子被扔进了哪一块草坪
姐姐找来新的铜钱、花布和鸡毛
院坝上又将洒满乱跑的脚步和笑声
后来，一股意外的狂风
吹断了妈妈搓好的长长麻绳
梦似的童年，和风筝一起
永远飘失在屋后，高高的山顶
——我不悔恨

2

在沉默与喧哗中我慢慢长高了
毕毕剥剥的篝火染亮满天的星辰
身边的江水不停地流呀、流呀
每一张笑脸上都微露着初绽的青春

是前天那个开晴的黄昏
是昨天那个降霜的早晨
我对着有一塆空旷的山野呼喊
可至今还未收到一丝儿回音
我仔细地检点心铸的犁铧
所有的处女地难道都是板结的坚冰

梦的鲜花给黎明留下的只是一道幻影
爱的白鸽在蓝天划下的只是一条伤痕
——我不悔恨

3

也许，正因为我不悔恨
还会遭遇更多的不幸
但我愿收集所有破灭了的痴想
编成救生圈，彩色的花环
扔进生活的大海，挽救沉郁的灵魂

我不悔恨
我不会跳探戈和迪斯科
我不悔恨
我不会假笑更不懂逢迎
我有力量
我不悔恨手上重叠的茧疤
我有智慧
我不悔恨额角早生的皱纹
——我不悔恨

1983.6.9

黎明，我走向车站

为了赶上
我应该赶上的那一辆列车
急切的心
很早就醒了过来
看看表，我走向车站
把梦中的情景联系到野外

直立在路边的树
随着我的视线往前延伸
你们，是站着睡觉的吗
为了一个默默的期待

此刻，我踩着
最后一层淡淡的夜色
昨晚，我真该用失眠
填充一段记忆的空白
我不能让行进的时间
把想好了的那一个想法
凝固成醒后的一声叹息
或者，变为候车室里迟到的徘徊

为了赶上
我应该赶上的那一辆列车
我走向车站
前、后、左、右，到处走着
男的、女的，大人、小孩
哦，我将有礼貌地挤上列车
睁大闭得太久了的眼睛
拍摄一卷纪录片
向所有失误的人，介绍
黎明是怎样地到来
而我和我们的列车一起
又将怎样地正点通过下一站

| 1983.8.28

我把这一枚鹅卵石

是不幸从车窗里抖出来的呢
还是被哪个不懂事的小孩
从沸腾的工地上扔出
痛哭一声，而落在了路边
这的确是一枚鹅卵石呀
站在杂乱的荒草间
向我发出求救的信号
反射着束束失望的哀叹

它来自遥远的嘉陵江畔吗
或者，曾住在更远的长江的沙滩
当它在波浪里清洗的时候
也许，就做好了一个巍峨的梦
流水冲不掉长在心上的信念

匆匆地，它便赶到了这里
通过了人生漫长的路线
此刻，却只好呆呆地望着
自己的理想
用肉眼无法看见的目光
把这不远但不应存在的距离
反反复复地走完

既然我意外地发现了它
我就该用责任心
把它拾起，还给它的那些
将团结得更为紧密的伙伴
它们，会依靠无数建设者的手和心
凝聚成“混凝土”的誓言
与无数怀着同一种信仰的
普通而特殊的材料一道
构成一座完美的大厦
隆起一首立体的春天

1983.9.19

致一位友人

像往常一样
我们走向那条林荫道上的安静
让一天忙碌的思绪得到清理
镀上月亮洁白的感情

我喜欢生动地作诗
你懂得正直地做人
但我从认识你的那一刻起
就像编好了一只花篮
微笑着，你不断地送给了我
在人生路上拾到的哲理和结论
于是，我惋惜你太成熟
你埋怨我太年轻

你劝我出去走一走
果然，我捎回了
飘逸的国风、跳荡的海韵
我再也不热衷于舞“迪斯科”了
楼板缝里
呻吟着被踩碎的青春

我想，林荫道旁的每一盏路灯
都清楚地看见了
在它们明亮的眼光里
走着两颗没有影子的心

1984.5.9

陌生的朋友

新鲜的黎明冉冉地升起
我们又一次在这条大道上相遇
习惯了，彼此点头一笑
匆匆地走过，陌生而又熟悉

你是建筑队中普普通通的一个
年轻、健壮、充满活力
绝对还没有人拜你为师傅
但我多希望成为你的徒弟
是呀，当我偶然得知了你与我同龄
我怎会不萌生一种更深的敬意

你拉拉汗渍斑斑的手套
拉紧了我多少松动的信念
你拍拍沾满污点的工装
拍掉了我的讥讽和怀疑
你知道，我多么想赠送渐渐成熟的诗句
悄悄地，为从你们手上兴起的
每一幢高楼，默默地奠基

当然，一定会有那么一天
我跨出校园，奔向召唤我的领域
而你去进行更新的建筑、更新的设计
也许从那以后再也无缘见面了
各自珍藏着一段朝霞般的回忆
但既然我们在同一条大道上豪迈地走过
就预示了我们都和这个时代走在一起

1984.6.12

雕塑

阳光和月色的手指
镀上一层又一层
天然的金粉

你凝固在历史的路口
身边走着又一个时代的人
站立在白天和黑夜
用沉默的语言叙述昨天的情景
虽然，你的存在
于整个民族的进程中
只是漫长的一瞬

我走来了
五颜六色的思绪
越过我和你之间的时空
感受到了你的呼吸和体温
岁月的雕塑家
最熟悉你的每缕沉思的皱纹
既然有明媚的光线照临
也许就该有证明光线的阴影
风里，雨里
你才睁着一双
永不关闭的眼睛

还有多少值得镌刻的回忆
需要我们去建筑神圣的底蕴
每一尊真正的雕像
都将和生长的信念一起
走向天空
走向太阳
走向昨夜梦中的憧憬
而当触到那一颗晨星的时候
人们一定会重新想起
凡是用心去塑造的形象
都具有永恒的生命

1984.7.11

礁石

如果有一艘船儿驶来了
我将要踮着脚尖
把身体高高地露出水面
提醒它从我身侧安全通过

如果勇敢的弄潮儿疲乏了
我愿意把他拉上岸来
让他缓几口气，重新投入
与大海搏斗的生活

如果有胆小无志的航海者
把我视为寄生的岛屿
那我宁肯让汹涌的波涛
把我永远地淹没

| 1984.7.12

合唱

傍晚，再练习一遍吧
思维沿指挥的手势飘荡
焊接起对明天的畅想
手风琴、铜锣与小号组成的乐队
伴奏出庄严的沉思和青春的激昂

独唱自有独特的魅力
合唱更显示了集体的力量
一幕“金色十月”音乐会
还等着我们去热烈地赞赏
而明夜，我们将走进灯火辉煌的礼堂
用歌声染亮那个色彩缤纷的晚上

强令自己再沉稳一些
也许还会微露出害羞的紧张
虽然这一切都还刚刚开始
我们的使命，也不仅仅是为了
获取名次，博得所有人的鼓掌
但岁月的帷幕不会落下
时代的聚光灯永远放射光芒
站在历史的舞台上
我们这一代人
是支撑时空的
一群永不流散的雕像

| 1984.10.2

瀑布

——观一幅画

你可曾隐藏于幽深的密林
漫长的思绪牵引出漫长的一秒
但那些辨不清声音的耳朵
又可听懂你向世界辐射的信号

你从视野外飘然流来
游人眼中垂挂着我心中的波涛
终日翻卷着不息的巨浪
身旁长满五颜六色的芳草
一个孩子举起了小手
指向飞着的几只凝固的小鸟

我为我的那几枚硬币惭愧
补过的唯一办法
是用最好看的图钉
把它钉牢

我终于看到了一张无声的音乐
画家也写好了一幅无字的诗稿
你就这样永远地奔泻吧
让每一个旅行者都带走你成熟的喧嚣
你紧紧地贴着古老的砖墙呀
贴着我们这个民族的一堵骄傲

1984.12.19

四月的夜

啼血的杜鹃
用声音的手指
叩击着一扇扇心的窗棂

我们是几个二十岁左右的
年轻人
按照不同的构想
进行了不同的比喻和议论
最后，连空气也静止了
有一些可以变动的距离
时近，时远；时远，时近

尽管心已经失眠
但我强迫自己闭住眼睛
让思想走向黎明
拉着朝霞一样的常春藤
我宁肯不说一个字
也不愿为这静静的四月的夜
再增添一缕失望的呻吟

1985.4.24

铁路，通往省城

是敏感的触须吗
伸向梦中的领域
两根铁轨
沿着飘扬的红色三角旗
笔直地，通往省城
把冬眠后的大地
和山谷里流着野味的春光
静静地梳理

祖国！我们开始用手
去执行
几年前，那个挂在嘴上的设计
是呀，我们将塑造一管
流量惊人的动脉
在山区的偏僻
和都市的繁华间
输送新鲜的血液

明天，我的父老乡亲们
会站在铁路沿线
用惊叹，用笑语
迎接，并欢送
正点通过的第一声风笛
我们，再也不像昨天
因没有一条最方便的捷径
而在过多的弯曲中
消耗体力
那么，请乘上我们的列车吧
到省城去，到北京去
沿着高楼的峡谷
涉过街道的河流
走进立体电影院
给生命的戏剧
增加一段
升华主题的插曲
从而，使心和心之间
失去
本来就不该存在的
距离

1985.5.6

同一片蓝天

是啊，读完六月这最后一本书
我们将翻过山峦般的七月
走向秋天的开阔地
走向成熟
走向所有丰收的季节

季节风
一股又一股明亮的季节风
在昨天和今天的谈笑声里
靠拢了，聚集了
组成了 1400 多个
令人回味无穷的日日夜夜
明天，将静穆地或者热烈地
散开
飘向应该飘去的地方
感动怀念的云朵
播下渴望的春色
在同一块大地上
相互传递着各自的沉思
和五颜六色的喜悦

欢送的帷幕终于拉开了
请不要落下
声音和色彩的舞蹈
会旋转出无数个重逢的世界
去教书吧，去写诗吧
每一升空气中都会荡响
最迷人的音乐

真挚的恋人啊
含泪的友人啊
无论你喜欢畅谈还是喜欢沉默
都已经或者将要体会到
在同一片蓝天下面
永远也不会出现
永远的分别

1985.6.2

赠 C

你向我打听葛洲坝和西双版纳
我要你详叙敕勒川和松嫩平原
多愿结伴走遍世界的每一寸土地呀
约好了，在某个诗一般堇色的明天

缤纷的树叶，像季节的衣衫
似乎在今晨又突然地更换
多想请教最富感情的地理学家呀
统一气候，打破时空的局限

北方的石榴花和南国的映山红
为何不能开放在同一个瞬间
朋友，请你也不要忘记了
昨夜，我与你在梦中生风的倾谈

我站在南国的又一个春末
头上飞过另一行敏捷的大雁
每一双有心的眼睛都会看见
青翠的思潮正向着北方铺展

1985.10.9

赠 Z

你远行了，分入一个令人眼红的单位
今天又忽然来信，说决定下到连队
很多很多的朋友越来越钦佩
是呀，你怎会注意俯身可得的所谓的实惠

你常说你是一个军人，军人的后辈
在草绿色的骄傲上加一枚金白色的校徽
终于，我在图书馆后的小路上结识了你
我讲述醒来的山乡，也懂得了流火的边陲

从此，我紧紧地握住了生活的巨手
是它把你拉进我空旷的心内
花朵般的青春，在阳光和风雨中开放了
谁也不愿为果实的回忆制造悔恨的眼泪

朋友，我相信你，也相信我自己
岁月的河面上正飘驶着彩色的帆桅
既然我们在某一个时刻又将真正地相会
那么，先让我们在纸上握手、梦中碰杯！

1985.10.12

夏

空气像着了火
燃得失去了颜色
偶尔跑来一丝微风
逗一逗恹恹的树叶

整个天空是一只铁锅
反扣在人的头上
当秋天熟了的时候
春天的花不会被世界遗忘

大自然在缤纷的眼睛里
都摆出了季节的曲折
一走上这条发烫的小路
我的心也就更热

I 1986.8.10

中秋夜

身影，时而在背后拖我
时而在前面拉我
你有灵巧的手指，能否
连接起每一颗星星的目光

深深的夜晚
像你我一样漫长
有一股风，已经越过了
所有沉睡的山岗

你看不见我
我看不见你
不要哭，天边正碰响着
一轮金属般的月亮

1986.8.15

致花圃

在缤纷的花圃的四周
新加了一圈白色的栅栏
是岁月构造的墙壁

上面漆着“禁地”的概念
请读一读这夺目的“广告”吧
不要践踏生活中的诗意

你可以站在外面观赏
但千万别跨进去
为了她也为了你的回忆

要挡住横穿者的脚步
要保护她动人的美丽
我真的愿意
插上一只纯洁的手臂

1986.9.1

都市黎明

几丝淡淡的薄雾
飘浮在高楼间的峡谷
十字路口的指示灯
在猜想该发射怎样的
第一缕亲切的光束

电视天线
像迎着晨风生长的秀竹
最后一对依依而去的倩影
可读懂了街心花园里的
第一颗鲜嫩的露珠

街道，城市健壮的手臂
岗亭，隆起新的力量与气度
为了合理地分割空间
立交桥，显示双重的才华
骄傲地挺着高高的胸脯

远处，壮阔的建筑工地上
脚手架准备支撑清新的脚步
塔吊，又会牵来一轮朝阳
循着建设者
梦中构思的蓝图

生活呀，忙碌而又和谐
在繁华的喧腾之间
夹入了一段宁静的回顾
就像日出与日落一样
毫不单调的生命的重复

静静地，我走进都市的黎明
看见第一辆早班车也启动了
流向那一条远伸的线路
哦，这便是都市交响曲的
第一个美丽的音符

1986.10.13

北京

许许多多深沉而芬芳的华章
献给了故宫、中南海、纪念碑、天安门……
我也含泪诵读了你那些新颖的乐句
国旗，立交桥，总理、外宾与农民……
诗人笔下最美最美的诗啊
我心中最美最美的城

枫叶快红了吗？为了满足
比铺天盖地而去的秋色
更浓更浓的憧憬
朋友，快走过宽阔的长安街吧
我已跨进了北上的特快列车
带着山峦般仰慕的重庆

| 1987.10.1

宜宾

也许是非常非常的好客吧
所以才叫“宜宾”
可读了你一遍又一遍的邀请
我也只好像你一样
在一首又一首的赠诗中间
写下自己的目光和歌声

但每一个黄昏或者每一个早晨，或者
每时，每刻，每分，每秒
浩浩的岷江和浩浩的嘉陵江
都朝着相同的方位
流入了
滔滔长江的水文

1987.11.13

跑马山

这里的云最洁白
这里的月最圆满
难怪一支民歌
风一般流传

你们停住了
凝望空旷的瞬间
手中，握紧新的路线
缰上，还有蹄声回旋

| 1987.11.15

嘉陵风光

或许是黄昏
落日燃下片片火光
或许是早晨
江心缓缓升起朝阳

历史，山一般延绵
小船，牵动岁月的波浪
即使这段普通的河流
也载满最深沉的幻想

1988.2.1

朝天门

两条大江
两根激动的旋律
在这里，合奏一曲
新婚的典礼

朝天门
山城的巨掌
日日夜夜
迎送着到达的欢喜
压缩着焦急的距离
与忠贞不二的滚滚东流
互致
繁忙的敬意

| 1988.5.3

解放碑

无数只大街的手臂
排列着都市变幻的华贵
流动着熙熙攘攘的美
从四方，慷慨地伸来
举起了高高的
解
放
碑

因此，永远延长的时间
也丈量不完它
博大的胸围

1988.5.7

桥

一条小渡船
曾在汹涌的大江里
默默地领略着
江水不尽的叹息

一座美丽的桥飞来了
把我送进故乡的怀里
有几架高速轮船
正奔向遥远的晨曦

故乡的桥，是一根
真正的破折号
连接着今天
与飘逝的梦

| 1988.6.6

在车厢里

不同的远远近近的目标
相似的正点到达的祝愿
是否把浓缩后的社会
合力装入了这方狭窄的空间

甜甜蜜蜜的忙碌
被车门关住了
聚成一个“挤”的概念
我红着脸，把座位让给
身边哄着婴儿的大嫂
她笑了，伸手拉了拉
过道上那个跛腿的青年

最后，轮流站着的人们
站进了时代的画面
向闪着各种各样感情的目光
显示出最新最美的风景线

车厢里，的确很憋闷
晃晃荡荡，却像舒适的摇篮
只有灵魂的眼睛，才能发现
有一种新鲜而纯美的空气
在中国的车厢里产生
在心与心之间流传

1988.6.24

第一次彩照

哎，站得稍微有点儿倾斜
大衣领也翻得不够伸展
也许，是因为立于众目之下吧
表情还因激动而显得不够自然

我为我自知的预料而欣慰
的确读到了隐隐的遗憾
即使缩小再缩小了
也不可能洗去原有的缺点

这是过去了的一个
仔细设计且着了颜色的片段
但对已经构成的格局
精力耗完也无法做出丝毫的改变

为了使人生的回忆不至于悔恨
而处处闪着特殊的美好的纪念
必须要把握好未来的每一瞬间
多看一看生活千姿百态的背景
多想一想历史永远睁着的睿眼

| 1988.7.11

杨柳

夜雨要来了
你们一起摇晃
而如织的根须
更稳地扎进土壤

不是墙头的国画
不是纸上的诗行
能在人们眼里
飘出春天的方向

1989.2.24

那个小镇

脚步和情绪都疲倦了
深冬的黄昏袭进那个小镇
朋友叹叹气，提起伊人
窄窄的窗口挤满繁星

记住这个最初的悬念
抚亮所有失眠的眼神
谁在银河里放一叶春讯
让不安的灵魂悄悄潜行

| 1989.3.10

假设

所有银亮的月色
都洒入那片幽林
我想摸索过去
不只是为了寻找捷径
这条弯长的柏油路上
数够了朵朵霓虹灯

天缝浮游的月亮
衬亮忽暗的梦境
一丝奇异的声响
溜过风的指形
我长长地吸了一口气
最后一棵树的位置
无法确定

1989.3.15

枯树

尽管你的周围
荡漾着幼苗的嫩绿
你的枝杈却已经枯裂
撑不起路人的叹息

高大的身躯
为什么没有了
一丝儿新鲜的树皮
无言地站着
竖最后一缕思绪
或是干涩的羞愧
或是终生的委屈

1989.3.16

沉静

无数条道路从远处伸来
铺在模模糊糊的脚底
短的，也许艰险
长的，也许平易

目光越过前方的峰峦
察看那些陌生的区域
为了一句再三的告诫
我默默站在时间的风里

1989.3.18

夏天的连衣裙

在我的眼中
和心一样热烈的夏天
是到处都有
五颜六色的连衣裙

站在摆满报刊的书亭前
穿出百货商店悠悠的人流
漫步在落满黄昏的林荫道上
或者，停留在湖畔的长椅
连衣裙，连衣裙
充满了都市的每一瞬夏天
甚至，飘进了最古朴的山村
飘进了田埂上、场院里发生的故事
成为坐在大槐树下摇着蒲扇的老太太们的
越来越感兴趣的话题

像美的一种轻盈的符号
像生活前进的一朵朵标记
连衣裙，连衣裙
在每一支画笔下
都是不会凋谢的鲜花
永远开放着关于夏天的回忆

1989.7.25

家

周围都是高楼
你只拥有自己的窗口
如日夜睁着的眼睛
打量着岁月的河流

阳光在这儿变亮
月色在这儿逗留
有微澜更有热浪
是对自己全开放的港口

即使空空四壁
家的字眼
也显得分外富有
即使日日远航
家的概念
也在心中永远留守

家是一部
自己编著的书
越写越新
愈读愈厚

1989.10.2

手形文字

如梅花开出年龄
如沟壑释放春秋
传送爱或憎
攥紧情或仇

万种姿态，万种心态
只看一个很简单的手势
勿需任何翻译
如风标显示气候

最恨有某双美丽的手
老远老远就伸来
与你亲热地摇着
同时掐在你的咽喉

最盼某个泥泞的时候
出现一束平静的目光
如一双有力的大手
温暖地扶住你的肩头

1989.12.28

未恋的短歌

WEI LIAN DE DUAN GE

As_tre dont la flam_me do_re
Seht ihr Wol_ken sie dann ge_hen
Les mon_ta_gnes d'a_len_tour,
sin_nend in dem stil_len Thal,
Por_te à cel_le
lasst mein Bild vor
que j'a_do_re Un ray_on de mon a_mour!
ihr ent_ste_hen in dem luft_gen Him_mels_saal.
Chantre ai_lé de
Wird sie an den
poco sfp
pp
pp

独白

梦中也不愿
乱摘一朵鲜花
寻找某种机遇
我敞开青春
敞开一片纯洁的处女地

有一只神秘的鸟儿
看懂了风的圆舞曲
有谁？径直地走来
轻歌曼舞
忘掉美丽

1982.6.17

等待

有几片薄薄的云雾
罩住了默默移动的月亮
我依然站在这条小路上等待
月色把影子渐渐拉长

分割更长更长的思绪的
是不断的失望和希望
我总记得傍晚在这里背英语时
夹竹桃旁闪来慌乱的目光

但我猜不准她是否会来呀
独自听着这棵杨槐树开花的声响
起风了，我沿着小路向前走去
可有机会走进她的梦乡

| 1982.7.24

目光

你终于抬起了眼睛
接过我一束长长的目光
发涩的视线在这一瞬
找回了一个默默的盼望

我把目光仔细地编排
你会得到一页完美的诗行
请审阅这一张通行证吧
我心灵的关卡已经向你开放

1983.6.11

雨在下

玻框碰在墙壁上乱响
树枝几乎贴近了地面
我盼望窗外的雨下个不断
尽管我没带雨具，离家又远

刚才刮暴风时你跑回宿舍
我偷偷地发现你拿来了两把伞
从你泛着羞红的微笑里
我看见了伞下流动的晴天

你真的敢将伞递给我吗
当着这么多人的眼
知心的雨一阵紧似一阵
像一个故事，肯定讲不完

1983.12.5

取药处

我开始感谢取药处了
它使你
和这群漾着希望的人们
和我
站在了一起

为什么要患病呀
忍不住，都稍微地皱了一下眉
却向对方透露了一点
珍藏在心室的秘密

我终于领悟了
苦涩的地方最有甜蜜的记忆

你习惯地朝我浅笑了一下
无声而拥有无比的魅力
我也习惯地翕动了一下嘴角
很轻很轻地傻笑半秒钟
就这样
你我的病都会减掉一大半

请别对着墙头的《卫生报》了
我想走过来问你——
我们还该不该需要一种
共同使用的处方

1983.12.16

我和花朵

我选择着花朵
花朵也选择着我

花朵斟满了露珠
能否流进我的生活

我扬手赶走了一只
飞去又飞来的蝴蝶
这一朵红花
恐怕傍晚就会凋落

我望了望那一朵
也许不会枯萎的黄花
但我明天尝到的
莫非是一枚苦果

1984.1.2

淡黄的衣衫

一滴永远浮起的波浪
一片被朝霞染亮的光环
一束刚刚燃起的火焰
一朵微微绽开的花瓣

大街，色彩缤纷的人流中
轻轻地移动着
移动着淡黄的衣衫

淡黄
淡黄
眼前隐现着淡黄的轮廓
目光勾勒出淡黄的曲线
在身后的一个地方
我已经支付了长长的时间
虽然什么也没有购买
可总发觉有一种意外的收获
珍珠般的陌生
晨风样的新鲜

我深知，我只是许多人中的一个
在这一截青春的地段
尝遍了无量数的遗憾
但在感情的法庭上
我不需要请任何辩护
也许没有唯一的理由
也许具备所有的条件

我是来到一座荒凉的野岛？
我是来到一块明丽的沙滩？
我盼望阳光就这样平静地照射
我期待能洒下一阵热烈的雨点

人生的长河里
有两颗微小的水珠
会聚成一匹奔涌的巨澜
只要不断而巧妙地向前
就会共享同一个优美的瞬间

1984.2.10

致——

这条从岩缝里流出的小河
依然从这里绕过村边

纸叠的船儿
还漂在微波荡漾的童年
可是，谁当船长呢
我们争论着长大了
一步便可跳到对岸的小河
也渐渐地换成了
生活辽阔的海面

此刻，我真的出发了
视线并未把心的距离拉远
你默默地站在河边
我默默地走向山巅
你收下了我采集的那束勿忘我
收下了一束淡蓝的思念
而我扬起的你塞给我的
粉红的手绢
该是一面飘展的风帆

1984.3.17

夜

我懂了，但不愿翻译
你这一缕羞红的微笑
远天那一束星光
发自妈妈惊喜的眼角

你的胸膛里，可也在
怦怦地激跳？
是何时撒下的种子呀
萌动着，萌动着
就要拱出心窍

枝叶扶疏的林间
筛下碎银般多而美的思考
月亮，跟我们一起漫步
沿着路旁沉默的树梢

1984.4.1

背影

你走过拥挤的大街
你穿过青翠的树林
站在一个成熟的高度
我爱看你孤独的背影

待我降下身姿
让眼光与你平行
会不会，你早已
迷失于另一片风景

1984.4.15

无题

眼睛的湖泊里永远也没有沉淀
芬芳的妙龄是一株年轻的橄榄
纯洁的微笑传达出惊人的美丽
我羞涩的笔记不完最初的好感

路边的野花又在掉醒来的泪滴
飘落的月亮载不起沉重的叹息
我愿在某一个时刻深深地睡去
枕着某一条河流般波动的手臂

| 1984.4.24

给她

哎，你把我逗进了爱的森林
这儿的风景的确比梦中的优美
可此刻你躲在哪一棵树后呢
一定又在掩着嘴取笑我的狼狈

鸟儿扇动黄昏唱着归来的歌
飞向各自的窝儿，一对、一对
我宁肯睁大眼睛默默地站着
也不会随便依着一根树干入睡

1984.5.21

夏夜

蛙鼓应和着蛙鼓，时高时低
幽谧的湖畔，依着一对情侣

星星出来了，一颗、一颗
终于开口了，一句、一句

淡淡的风，轻轻地跑来跑去
向四周，散发出甜甜的消息

月亮，忍不住过来偷听
一不小心，掉进了湖里

1984.6.6

偶遇

我们在这丛竹林边偶遇
默默地对视了一眼

时间顺着目光滑下
身边的河是一根颤动的弦

我要爬上那一段陡坡
小路躲进了飘香的茶园

你沿着河岸向下游走去
流水跟着你漂得很远很远

1984.6.17

无声的诉说

把所有的过失都归于我吧
请原谅我无知的浅陋
——但我总不敢将这些话
向你说出口
那封冒冒失失的几行短信
岂能倾泻出我心中滚滚的洪流

本来可以自由而悄悄地生长
我却奢望明天的果实
在昨夜就一下子成熟
不是晚风不炽烈
不是星光不温柔
谜底藏在你眼里
微微启开，又
遮断了我的探求

土地的儿子
竟不懂季节变更的缘由
城市的女儿
却深知太阳在哪一刻红得最透
这些，也许都是对的
一个“贫乏”
另一个难道不该“富有”

是一曲优美的乐谱
每组音符永远都不能拼凑
要合唱出绚丽无比的恋歌
必须首先练好自己的嗓喉
如果你沉默的用意
稍微是这样
那我还有什么值得忧愁

你一定远远地看见了
我正走向
静穆的田野、纯亮的山丘
是呀，昨天那场漫天飞扬的春雪
将要被阳光的手指揉化
凝望对方的眼睛，会发现
麦苗，也有返青的时候

1984.6.21

少女的心愿

1

我又想把别人写给我的
那一叠又一叠厚重的挂号信
全部扔在你的脚底
这也许会伤害你高傲的自尊心
我不是故意炫耀呀，真的不是
难道你就不能多看一看
我这双期待已久的眼睛

2

我们终于走到一条大道上了
而生活又摊开另一个交叉路口
我紧紧地追随着你高大的身影
但谁也不知道你愿不愿稍作停留
我至少可以踮着脚尖，撑一柄伞
使风雨不再冲击你明亮的额头
可你头也不回地径直走了、走了
难道前方，有一位比我更好更好的姑娘
正微笑着把你等候?

3

也许，你是想度量一下我的恒心
聪明的人都会留下某些奇妙的轶闻
如果你能在梦中透露一句
我也许将抛掉一半的悲伤和苦闷
少女害羞呀，难道男孩子也胆怯？
可你在青年宫的演讲风一般流畅动人
那么，只好我大胆地开口了
在某一个飘着春雨的早晨

1984.10.5

未恋的短歌

1

我心里有一架闪亮的竖琴
只有一个人能拉出声言
我心里有一海沉睡的潮汐
只有一个人能将它唤醒

2

我是一棵敏感的小树
默默地生长在爱的森林
我要分割一片晴和的天空
垂下日月沉思的绿荫

3

我不能乱撒一个美丽的谎
不能乱编一个动听的姓名
铺开信笺，真不知该如何下笔
妈妈呀，您怎么又来信催问

4

我要放飞一只神奇的白鸽
寻找一块刚刚萌生的草坪
我要把得到的诗篇贴近胸膛
唯一的读者——是我的心

5

我愿公开一种最奇妙的构想
每一个聪明的人都将仔细地倾听
我想吟唱一首最动人的歌曲
闭幕后依然响着暴雨般的掌声

6

我日夜在生活中走呀、走呀
总会遇到某个最急着找我的人
时间的山峦升于健全的双肩
能轻轻地担起沉重的责任

7

我苦笑着避开了又一束芬芳的目光
但自己的视线却不能如意地停顿
我想过滤每一方玫瑰色的空气
排列省略号一般意味深长的星星

8

在青春辽阔的原野上
我何时能登上金字塔的极顶
在这偌大的无比繁华的世界里
我该不该选择一双属于我的眼睛

1984.10.30

初恋之前的失恋

如果你在远方，我也许
会收发许多贵重的信件
如果我在远方，你也许
早就读熟了另一种语言

都是同一天空
旋飞着的两只陌生的大雁
都是同一焦点
放射出的两条曲折的光线

脚步踩乱失常的心律
目光与目光短暂地交谈
点点头，对面而过了
谁人拾走擦落的机缘

相识已经数年
可日日一样平淡
我隔你，很近、很近
你隔我，太远、太远

没有教训，更没有经验
但我总想问问你
是否也品味到了
初恋之前的失恋

1985.3.27

背叛

把流行歌唱给我听
把三原色亮给我看
群鸽在低空飞舞
孤燕在远天盘旋

我在源源流淌的江边
将一杯浓茶默默泡淡
那朵花，已为别人的眼睛
开出了火焰

1985.4.17

拾絮

1

两条平行延伸的钢轨
在视野的边缘终于靠近

捅穿了那扇薄薄的窗纸
看见的却是急急逃去的背影

2

乌云压来倾盆的雷雨
我们必须在同一角屋檐下躲避

难道只有突如其来的遭遇
才能使我们并肩站在一起

1985.5.11

有一支歌

一支歌，染亮那个日子
拉长那个黎明般的黄昏
我在以后的每一天里
都能找到紫莹莹的回音

我不懂简谱
我不懂乐理
只依稀看见几颗干涩的音符
像几粒半青半黄的蒲公英
既没有飞上彩云
也没有在地下生根
但我不想当歌唱家
人们更不会郑重地评论

从一蓬朦胧的橄榄林走出来
我怡然地乱哼了几声
岔路口的溪边映着一个倩影
是——你——吗？
在看路上的风景？
还是在默默地倾听？

一滴浑黄的泪珠
沉重地掉在远方的山顶
当所有的暮色都围近的时候
我真的悔恨了
既然要唱
又为什么没有唱准？

今天，我的歌声终于成熟了
要多迷人有多迷人
但查遍了全部的听众
据说也没有发现你的姓名
于是，我只好预支明天的微笑
去弥补昨天的不幸

| 1985.5.20

我愿是一支歌

也许，圆润的声音
对于我是珠玉般的奇迹
也许，由于妈妈的缘故
我天生就无法显示出歌唱的能力
但我能成为一支歌吗？
真的，我愿意

请把我的每一天都编成词句
然后，谱上感人的乐曲
你会真心这样做的
循着一个少女的美学原理

我愿是一支歌，但并不想
通过麦克风传遍所有的世纪
你是演员，独唱的演员
自信地站在社会的舞台上
一朵栀子花开放着迷人的俏丽
明亮的歌声，飘醉了
生活礼堂中每一缕飞扬的思绪
正像欢呼上一个节目和下一个节目一样
普通的掌声奏响了特殊的含义
而我最终的目的
是盼望你对我的每一角灵魂
能反反复复地熟悉
那么，就让我的每一段生命
都毫无保留地，流进你敏感的心里

你是世界上最骄傲的音乐家
将获得一项永恒的专利

| 1985.5.16

我用梦的脚步

昨夜，我用梦的脚步
又丈量过你心灵的面积

今天，我大胆地靠近了
想象中的处女地
要跨进只属于你的领域

醒目的界碑
突然挡住了我匆匆的构思
积攒了二十年的力气
此刻，还紧紧地握在两只手里
可透明的前方，分明生长着
一棵嫩绿的树苗呀
那是一首完美的诗
不需要任何注释的标题

哎，我让这一缕和风
带给你的一声轻轻的叹息
正与我幼稚的敏感一起
挤进明天的回忆
那么，我该马上转过身来
沿着另一条小路
沉思，并重新计算
到某一个地点的距离

我相信，我无限的视野中
将日夜翻舞着你摘取果实的手臂
而我的又一声呼喊，假如
不可能在陆地和天空得到回响
我便会静静地升一页征帆
在海上
向所有的山岗和彩云
向微笑着挥手的你
描绘出我的航迹

| 1985.6.12

盼望

一点儿影子也还没有出现
我已经习惯了
在某个最晴朗的时刻
站在某个最高的地点
射出最长的视线
但每一个日子，都像
纯净的青一色的空间

既然经历了每一个白天和夜晚的
每一瞬间里的十万种情感
沉思的帆就会巧妙地降下或升起
去预示风雨的变幻

我的心一定要病了
短短的小睡
也梦见长长的失眠

前方有无数座山峦
脚下有无数条路线
身躯不只是为了比试山的高低
步伐不只是为了丈量路的长短
天空因春燕而显得辽阔
世界与我互相观看
我真担心有一丝景色会躲掉
我的目光
虽然，太阳和月亮
是两只
交替睁着的大眼

| 1985.6.22

一颗艳丽的星

夜空静静的一角
嵌着一颗艳丽的星
时时刻刻放射着异彩
照亮了我苍穹般的灵魂

像一滴晶莹的泪珠
如闪出晨光的眼睛
是一个丰满的结论
呼啸着或静静地上升

青春的天空不会坍塌
明快的清辉显示给所有的人
我相信我看到的都是真的
不再幻想传说中的美神

一尊耸起的巨石
遥望着芙蓉开花的声音
我踩着月色喃喃自语
你对着朝霞默默倾听

天边嵌着一颗艳丽的星
星下站着一座美好的城
无数个白天和夜晚走远了
圆润的时间砌一条坚实的途径

1986.1.5

甜蜜的忧虑

我的心是感情的文库
每一行美好的诗句都属于你
另外的读者会吃惊地猜想
但不会惋惜

命运的手，揭开张张日历
飘出陌生的芬芳气息
不要把逝去的日子往回翻
青春的肺叶荡起新鲜的呼吸
流泪的指尖，怎敢掐掉萌芽的苗头
默默地生长，所有根须维系的主题

我想进入每一线叶脉
用生命的激情促进流动的血液
不是一切希望都在酝酿中消散
不是一切演员都表演悲剧
昨晚我在孤月下静静漫步
是星星，就不会被风吹去

一朵蒲公英，一抹浅色的微笑
提醒着我那一段羞怯的记忆
奇异的心跳弹响奔驰的时间
你是否也品味到甜蜜的忧虑

| 1986.1.7

你·我

你有你迷恋的情节
我有我精彩的片段
各有完整的骄傲
都是世界的一半

你是绿叶，我就是枝干
衬托起同一个春天
你是太阳，我就是月亮
旋转出同一个梦幻

我是你青春的证明
你是我生命的诗篇

1986.1.7

我探险

你的心像一片陌生的天空
我便像一片飞来的彩云
你的心像一座秘密的森林
我便像一名勇敢的猎人
是探险家而不带任何助手
我真的具备了
五色花样的年轻
七色虹般的憧憬
和一双炽热而睿智的眼睛

我站住了，毫不犹豫地
向你，献上花一般珍贵的青春
但我可不可以知道
究竟该获得怎样的结论？
是呀，我只身奔走了整整二十年
终于发现了属于你也属于我的
永远也不可分割的黄金

我们并不是两头受惊的小鹿
可对视的目光弹响了多少复杂的感情
怎么也躲不掉那一段小小的距离
虽然曾跋涉过无以计量的旅程
难道只有这微微的一笑？
——这苦闷的欢乐，这欢乐的苦闷
默默地，没说一句话
你的等待也许正是为了我的来临

我是一位真正的然而缺乏经验的
探险家
有能力更有责任
敲开你灵魂重重的大门
然后定居下来
不走了

不走了，不走了
在爱的处女地上
我将成为一个伟大的农民

| 1986.5.24

爱的眼睛

我长长的视线
放牧着的那一片彩云
像一束绚丽的花朵
在微风中悠悠地开放
空气里流着芬芳的思索

云上扇动着无数梦的蝴蝶
清醒的眼睛打量着银河
在很多香甜的夜晚里
我渐渐地擦亮了启明星
并与弯弯的月儿对话
把有一种想法诉说

晴朗的天空
永远地晴朗吧
万一转阴了
换为乌黑的颜色
这片彩云
也许会变成一枚枚
冰凉的苦果
穿过变窄了的时间和空间
对着我哗哗地降落

1986.7.9

有一条路

落下，又飘来
几粒轻灵的雨点
收拢，又撑开
两柄沉缓的雨伞

仿佛过了许久许久
似乎走了很远很远
每一缕目光都是告别
每一声足音都是再见

水洼照着灰亮的楼房
街树织出空濛的远山
路，在脚下停了
眼睛搜寻着宽泛的江面

1986.11.21

站着

无数条纤柔而细密的瀑布
从花蕾般的山顶
静静地泻出
流下粉红色的草坡
汇入了我记忆的峡谷

有两座耸起的礁石
在黑亮亮的浪花中起伏
我不敢肆意靠近
只好立在不远的远处
用一半心去观赏
这在森林中发现的情景
另一半心呢
正把很久很久以前的
这一带海洋的传说
仔细回顾

面对着美的风暴的袭击
我顽强地昂起头颅
膝盖以下的那些空气
包含着太多有毒的元素
我站着，笔直地站着
为的是让她
能正确地量一量
我的高度

1986.12.10

白兰鸽

何必要安上鸽哨呢?
静静地，静静地
带着风
擦过送别的流云
我的那一只长大了的白兰鸽
已经抖掉了
最后一团朦胧的夜色
沿着黎明的轨迹飞行

年轻的天空，翻舞着
无数只千姿百态的鸽子
给每一块土地都投下倩影
但我一眼，就能
把属于我的那一只白兰鸽
认清

我站在五颜六色的目光中
倾听从四方汇来的
雷声和雨声
白兰鸽，你能如期地回来吗？
一路播撒明亮的哨音
那么，先在我视野的边缘
消逝吧

远方，神秘的城市里
那一片心灵的广场
是否对着
属于我的这一角高远的蓝天
徐徐地开放？

1987.1.28

送别

你毅然选定了我
我只为你送行
所有暂别的理由
和互相安慰的切切细语
都不能平静爱的心灵

约好了再见的时刻
也拥抱重逢的梦境
双眼望断天边的帆影
手指攥落所有的星星

我接过你美丽的手绢
轻轻抚去你脸上的泪痕
亲爱的，让我们
付出那些孤独的白天和夜晚吧
会换来再不分离的一生！

1987.2.8

长江传说

我托长江的巨臂
日夜输送热情的波浪
你用眼光
列成一道道防线
挡住夹杂而来的泥沙
审阅我繁杂的思想
然后，向更为辽阔的世界
巧妙地开放

假如信念需要
我可以沿着江岸
走下去!
告别最美丽的城市
翻过最荒凉的山岗
然后，向你和所有的人们
解释神女峰的含义
描述最动情的风光

1987.3.11

那个地方

春已化为绿叶的繁密
梦已折成信鸽的翅膀
储下无数的白天和夜晚
躁动着向往的疯狂

树林举起追求的手臂
阳光温柔着生命的磁场
每一滴多情的春雨下
都该有萌动的土壤

那个曾经陌生的地方
会成为我永远的故乡

1987.6.6

一江之隔

终于快靠近了
朝霞，一缕一缕
清晰地射在对岸

我们沿着认定的方向
各自走了许多许多年
才数到了这个春天
相逢这条热情的河流
读懂这条陌生的概念

你是孤独的港湾
多么怀想我的船
我是孤独的船
多么渴望你的港湾

凝望你的眼睛
荡响的绵绵波澜
我的双手
已经握准了航线
横渡吧，横渡吧
每一朵滚亮亮的浪花
都是我稳沉沉的支点

| 1987.10.6

童年·少年

TONGNINA · SHAONIAN

As - tre dont la flam - me do - re
Seht ihr Wol - ken sie dann ge - hen
Les mon - ta - gues d'a - len - tour, Por - te à cel - le
sin - nend in dem stil - len Thal, lasst mein Bild vor
que j'a - do - re Un ray - on de mon a - mour!
ihr ent - ste - hen in dem luft - gen Him - mels - saal.
Chantre ai - lé de
Wird sie an den
sfp
pp
pp

J. 1681. H.

山垭口

儿时的我
把远方的山垭口
看成视野的尽处

喘着气，我爬拢那里
哦，无数的山垭口
印在我记忆的画布

1980.1.17

幼苗

稚嫩的幼苗
出现在大千世界的怀抱
它一点儿也不害羞
面对周围的奇花异草

它汲取着大地的养料
它承受着阳光的抚照
来年的春风呀，记住
请丈量它又长高了多少

1980.3.21

太阳

升起了
一轮太阳
像我儿时
火红的气球
在嬉笑里，飞向天上
于是，我松开
朝霞编成的丝线
让它系着我的心
飘呀，飘到妈妈的身旁

1980.6.3

忆

小嘴嘟囔着
不时吹一吹淡淡的热气
我把小拳头，伸进
长了一个小洞的
洋瓷碗里
（妈妈又要夸我聪明了）
轻轻地把碗一仄
从指缝流到一边的
是清亮亮的汤水
倒掉了
我搅着剩下的粘乎乎的
米

妈妈，您怎么老是喜欢吃
我一口也不愿吃的
红苕呢
妈妈拍拍我的头，笑了
又拈起红苕上的
几颗饭粒
喂进了我的嘴里

我习惯地嚼着
费力地想着
在妈妈的目光中
慢慢长高了
却没见妈妈
流过一点儿泪滴

1981.4.12

晨

孩子醒了
翻过门槛
紧紧牵住
妈妈的衣边

妈妈摸了摸
仰起的小脸
红红的气球
在身边乱窜

“孩子，快看——”
哈哈，气球
从妈妈的手里
轻轻地，飞上了天

“妈妈，再放高些嘛！”
孩子舞着小手
跳了起来
边跳，边喊

哦，山那边
太阳也升起了
根根霞光，好像是
妈妈放出去的
长长的丝线

于是，滴溜溜的
小眼里
装进了两个
有趣的小红点

1981.6.1

小白鸽

我大胆地起飞了
裹了一身妈妈怀里的温热
是呀，我是一只小白鸽

金色的阳光
早已划好了条条航线
明朗的天空里
无数欢快的鸟儿
也在呼唤着我

亲爱的妈妈呀
您就放心地带好妹妹吧
我的第一串起飞的叫声
尽管稚嫩而略显慌乱
但也是洒给你的
第一支深情的歌

| 1982.5.5

阳台上下

阳台下
一块鲜嫩的草地

几个调皮的小孩
在争着玩气球
几只花蝴蝶
凑热闹飞来飞去

蓦地，一颗童心
跳下去了
把五彩的气球
从那个快活的小女孩手里
抢过来
傻笑着举起

1984.6.2

放羊

天上的云呀，
白得透明；
地下的羊呀，
白得纯净。

我握紧放羊鞭，
悄悄地爬呀、爬呀……
一把搂住了
山腰的那朵白云。

当我回到家里，
弟弟准会又笑个不停；
记得前一次，
妈妈就惊喜地夸我聪明。

1984.6.5

童年·少年

1

我是矮小的孩子，总有一天
会比高大的父亲还要威严
就像屋对面……对面的——山
妈妈呀，虽然我
在您的眼里长得很慢、很慢

我喜欢低声地发笑
也喜欢高声地哭喊
亮亮的葱管滑出了什么秘密?
弯弯的垭口挂着怎样的预言?
——知道的，还有隔壁的小伙伴

2

我是怎样得到一本连环画的?
坐在粗糙的门槛上
一遍接一遍地翻呀翻

为了能攒回一本《三打白骨精》
我和弟弟冒雨跑到地里去撬麻丸
“听说……听说一斤可以卖……”
浑身浇湿的爸爸把我们撵回去了
从榆木厢子里摸出一张皱巴巴的纸币
“我也有两毛钱了！”
但我不知道，是不是该先给妈妈
买一件新的围腰，或者先给爸爸
买一件——备换的衬衫……

3

所有的目光都射来了
颤动的粉笔是白色的焦点
老师，既然你把我叫到了黑板前
我就要按自己的思路
大胆地演算

也有做错的时候
而永远微笑着的慈祥的老师
会送来板擦和启发的视线

4

一个中午，放学了
妈妈摘香菜，忘了我的时间
我没有像往日一样
跑到后山唤她
却独自钻进灶屋去试着煮饭
水太少了？火太大了？
焦糊焦糊的气味把村庄飘满
邻家的小姑娘
划着脸蛋儿羞我
又伸出小手
帮我揩去脸上灰黑的污点

妈妈终于赶回来了
端起碗，跟我一样
咽得很苦、很苦
笑得很甜、很甜

| 1984.7.19

乡情

XIANGQING

As - tre dont la flam - me do - re
Seht ihr Wol - ken sie dann ge - hen
Les mon - ta - gnes d'a - len - tour, Por - te à cel - le
sin - nend in dem stil - len Thal, lasst mein Bild vor
que j'a - do - re Un ray - on de mon a - mour!
ihr ent - ste - hen in dem luft' - gen Him - mels - saal.
Chantre ai - lé de
Wird sie an den
pp
fp

乡情

1

我拆开你的精致的信封
读到了一个叠好的春天

杏树、桃树、李树竞相开花了
青藤在周围编织着翠色的摇篮

埋下的种子举起了欢呼的小手
有一朵蓓蕾绽出了粉红的花瓣

哦，你寄来的绿叶是一片书签
在我生命的书页里嵌一段鲜嫩的怀念

不知何时我的心里生长起一棵杨树
根须，已经伸到了你梦中的果园

2

慢慢地跨上列车
你把一个削好了的柳哨给我

我把一架纸船放在水面
你在下游等待
紫燕可在柳絮间穿行
鱼儿，又在村后的水里漫游么？

于是，当我吹响柳哨的时候
面前就走着我们
和我们身边流动的小河

| 1983.3.16

送

“孩子，还有几天你又要上学了？”
妈妈细心地数着日子
几天前，就固执地赶到县城
预购好了车票
终于，又一个香甜而短暂的寒假
从妈妈的嘴里
十分迅速地溜掉

我不记得父母亲这是第几次送我了
在如此寂静而寒冷的清早

薄霜在脚下吱吱地碎裂
寒气凝重了粘乎乎的眉毛和睫毛
爸爸走在前面
提着两网兜花生和核桃
妈妈跟在我身后
拧着手电
背了一大捆顺便捎去卖的干稻草
我总想替她背一会儿
“你一个人还要走多远多远的路呀！”
可她就这样劝阻了我
总担心我万一不慎闪伤了腰

妈妈昨晚一定又没有睡安稳
不时划亮火柴看一看父亲掏出的怀表
鸟未鸣，鸡也未啼叫
乡村的夜是一幅纯净的素描
我曾埋怨小时候为何不进城照张相片
我童年时哭或笑的时时刻刻
在父辈眼中都像珍贵的彩照
是的，父母操劳了大半辈子呀
才逢准那个顺乎人心的年代
养出了我这么一个大学生
成为偏僻乡村的骄傲

我不记得父母亲这是第几次送我了
在如此寂静而寒冷的清早

当车站的灯光闪近眼帘
启明星才悄悄地钻出隧道
“快上车吧！”妈妈催促着
却轻轻地拽住我的衣角
而爸爸嗔怪地拉开了妈妈的手
又强塞给了我一叠钱钞

客车缓缓地启动了
我含泪探出窗口:“爸——妈——
我一到校就会给家里写信的！”
别了，最后这漫长的一秒

1983.8.25

薯地里的老汉

收音机站在桑树枝
向薯地里铲草的老汉
讲了一个新故事后
又演着一幕晚会的片断

是儿子买回这个奇妙的玩意儿
使他——已年过半百的普通庄稼人
慢慢养成了，前些年
梦也不敢接近的习惯

初秋，晨雨后的阳光
洒在他的皱脸、粗手上
洒给李谷一年轻的歌声
洒向山沟里渐渐黄熟的稻田

他煞住哼哼哈哈的伴唱
惊异地回头一看
嗬，长长的一大厢呀
不知不觉已快要薅完
他默站着，渐显衰弱的思维
竟然连续转了几个大弯
最后，终于联想起了村里的文化站
既然书记们聘请了高中毕业的儿子
去当站长
（真的非脱产不可吗？）
那么，就让他去干！

钟声响了
他傍着铁亮亮的锄头
抬抬女婿执意敬送的手表
对准了北京嘹亮的时间

1983.9.10

回家

去年走时，黄荆、马桑
被砍回当柴烧了
而今，路旁、坡上
又是一片青翠
绑在香椿树间的晾衣麻绳
都不见了
木架和铁架穿着白衬衣
在屋檐下轻飞

忽忽地唤一声
从门边扑来的小花狗
它愣了愣，立刻
欢摇起尾巴儿
在周围，乱跳乱吠

家人和邻居们都说，我
的确比去年瘦了
难道大学里的饭菜
还不如咱们农村的合味
我边掏“好吃的”
边逗可爱的小侄女儿
她却抢先从自己挎着的
小书包里
捧出两把奶糖
加上一支小手枪
硬要塞在我的手内

刚刚是上午
是立秋后的一个
响晴响晴的上午
竹林多姿地描绘着阳光的明媚
我想，我想跟大伯一起
去转责任田呀
蹲在田边数一根
很长很长的谷穗
我想跟祖母一起去外婆家呀
特意留着的大雪梨一定又甜又脆
我想跟妈妈一起去收红高粱呀
嚼一口秆儿
比品甘蔗还有滋味
哦，我想跟聪明极了的妹妹
一起去放牛割草哟
悄悄走近后山上的那位
牧羊女
看她的歌声
是怎样突然间
降下春雨般的热泪
……

哦故乡故乡
我真愿在你的每一缕金风中
沉醉

1984.8.2

傍晚，有雷阵雨

“要下雨了”
直起腰身的庄稼人
吆喝着，收好锄头、背篼……
微微烫脚的路面
蹿起了仆仆的风尘

初秋的夕阳
来不及布满晚霞的血丝
就匆匆地闭上了眼睛
高高低低、远远近近的山峦
撞响，沉雄的雷声

从田边回来的老汉
笑眯眯地蹲在阶沿上
大致已估摸出秋季的收成
摇摇头，他望着屋侧边
——野女儿，总爱在这些时候
跑到那座小土包
说是想看……看什么风景

一滴滴雨珠
终于滋滋地漏下来了
闪电，撕开一群群乌云
咯咯乱叫的大公鸡们
钻出了一蓬蓬热烈舞蹈的竹林

雷阵雨，痛痛快快地下吧
明天，阳光下的稻谷
将熟成一沟沟灿烂的黄金

1984.8.16

乡村春节（一）

鞭炮炸开的纸屑
睡在农家的小院
是否也梦见了
被那些拨动人心的爆响声
引来的春天

妹妹从责任地边的菜园
掐回一把绿亮亮的嫩韭
哼着收录机里才有的浪漫
爸爸在劈晒得焦干的木柴
灶膛里跳跃的
不再是流着湿泪的青焰
妈妈，您炒着
在《菜谱》上尝过的那种好菜吧
送来了几丝迷人的炊烟

我点燃了又一根引须
把鞭炮高高地抛向空间
小弟弟早就捂住了耳朵
却睁大滴溜溜的双眼
听，开花的巨响
跟村东头的那几声一样
胜过飘着瑞雪的去年

啊！我真想
变成一缕知情的春风
给山乡的今天拜年
把紫燕送给柳絮的消息
和每个人都可以解释的温暖
带到贴着大红对联的
每家每户的门前

1984.3.1

乡村春节（二）

1

越过冬末，踩响新春的步履
远在他乡的人们，都
回到了相同的起点
——乡村，这块熟悉而陌生的土地
带回广州的香蕉和北京的冰糖葫芦
带回重庆的礼花和浏阳的电光鞭炮
带回了谢莉斯、王洁实们的原声歌唱
还带回最新出版的优美的诗集

走出工厂、营房和高大的教学楼
在这告别冬天的时候
赶回来了，都想实实在在地
验证在无数封信中所读到的
关于秋天的种种金黄而香甜的奇迹

2

腊月下旬，鞭炮就陆续炸响了
河边的柳梢已冒出浅浅的春意
似乎是在上一个葱郁的春季
人们就为这个佳节的来临开始了准备

削来绿亮亮的芦竹舂糍粑
洗好新制的蒸笼装糯米
小伙子劈完了青杠木柴
然后又取出装在粮仓里的大籼
姑娘和母亲一道围锅转灶
对《菜谱》上写的花样早就十分熟悉
而山上、山腰、山脚的炊烟顺风飞扬
处处弥漫着腊肉熏人的香气

一顿团年饭吃了很久很久
围坐的家人还不肯收拾碗筷离席
喝醉了的老伯扳着指头
又在盘算下一年的收入和开支
年逾九旬的祖母，最担心的是
身边的小孙女今后也考上大学离开了呀
过去，小孙女一周回家一次
而她也要颤巍巍地扶住门框
面对沟底那条通往区镇中学的小路
昏花的老眼痴望得好急

3

正月初一，县城里当然最挤最挤
热烈的羞涩的姑娘们和小伙子们
要从各自的大门跨出去了
看母亲们粗糙的大手，都在麻利地
帮活泼泼的孩子们
穿上一件件漂漂亮亮的新衣
并把早就预备好了的压岁钱
叮咛着，塞进他们欢快的小手里

然而母亲们也最忙最累
她们要喂猪，要牵牛，要割草
还要切好芹菜、韭菜
摆好糖果、纸烟，搬出立体声收录机
说不定儿子的朋友或娘家的亲戚
在初一这天就放着鞭炮赶来恭喜

4

春节期间，大家都喜欢
串门、拜年，是这几年新出的规矩

家家大门旁贴着鲜红的对联
水泥院坝上放好了漆亮的桌椅
还有扑克、长牌、葵花籽儿
请各人来尽情地品尝各人的兴趣
但许多人都跑到了山梁上
目送着迎亲的唢呐声远远地飘去
也有不羡慕更不嫉妒的
一对对恋人
躲进了村后的桑林或斑竹林
轻柔地商量共同的秘密

去串门吧，去拜年吧
再辛勤的春燕也要在夜巢歇息
是呀，在以前的那些浅淡的春节里
人们“初一”天也被迫下地
扶着锄把想各自的心事
而“立春”时，假如没出太阳
都要捧着空碗向老天爷求祈
可今年“立春”，再老的老人
也没有丝毫的叹息
虽然这一天还下了一场微茫的小雨

但最快乐的人也有自己的忧虑
那些计划旅游的乡亲们
正向远归的人们仔细地打听
乘坐轮船、飞机该办些什么样的手续
多少未知的世界呀
多少要谈的话题

5

要走的，终于渐渐地走了
每一种山花都具有各自的花期

这个要下山城的煤炭工人
带走了王家塞的广柑、田家酿的蜂蜜
带走了黝黑土地上闪光的力
李家小嘎子又要赶回深圳的部队
他站在远远的樟树垭口，面向
含泪遥望的父老乡亲们
行了一个庄重的军礼
至于那一位戴金丝眼镜的大学生呀
对着那一位俊俏而能干的牧羊女
倾泻了几天滚烫的泪滴！

啊，快拥抱这明媚的春天吧
愿每人的心都是一块丰饶的责任地

1985.3.1

书房

我将我自己献给了生活
生活回赠我一间小小的书房
一把竹椅，一张木桌
爸爸还做了一扇精致的小窗
让每个季节的风都通过
热汗的咸味换来书页的清香

我的世界，不只是由
责任田、存折和从眼里传出的微笑
组成千篇一律的图样
既然我还年轻
我就该渐渐具备新鲜的思想
就像一些陌生而熟悉的
顺心的词汇
飘荡在这个离小镇还很远很远的
五颜六色的山乡
因此，我在寒气逼人的冬天
也有收割金稻时的欢乐
而没有雪花般纷纷扬扬的惆怅

扛着锄头，踩着黄亮亮的傍晚
我聆听小河押韵的歌唱
提着收音机，点一根香烟
我跨进笑语不断的禾场
夜深了，我回到书房
这里溶着我缤纷的幻想

隔壁，妈妈又在喂蚕
黎明摘回的桑叶一定十分翠亮
我用理智的竹竿
挑破小说中那个阴险的圈套
和屋角新织的蜘蛛网
然后，把昨夜精心构想的诗句
写上，从墙缝里匆匆流过的晨光

1983.8.29

电影院前

（我这个农民汉，敢不敢
送一张电影票给你这位大学生呢？
好看么？《咱们的牛百岁》
下一周还要演《不该发生的故事》）

电影院前熙熙攘攘的人流间
拥夹着人们打趣的话语
我也说笑着接过了汗渍渍的电影票
连一点儿也没有想到推辞

他就是我的那位大哥哥邻居
过往的经历
揭示了我几年前一篇小说的主题
然而他最终有力地站起来了

不久前这位“光杆司令”
央我寄回的一副鲜红的新婚对联
还仿佛令人看见
那几位山后姑娘的目光
都是怎样流露出深深的惋惜
听见了，拄着锄把的
一声声低叹，叹不完的忧郁

该进场了！
他抬抬粗圆、黝黑的手臂
七月，灿烂如金的阳光
照耀着一块亮闪闪的钻石
交织出彩虹般迷人的魅力

是的，早该进场了
在沸腾而雅静的新生活里
让每人都获得自己舒适的位置吧
——而我该怎样答谢这个启迪

1984.7.15

妈妈

一粒小小的圆点
也是一颗真正的红豆呀
被埋进了回忆的土壤
我默默地站着
读着盛开蒲公英和荞麦花的故乡
再一次举起颤抖的手
摸着中国地图
想抚平妈妈皱纹间的忧伤
就像梳理那些
曲线般弯弯绕绕的思想

为了养活您大大小小的儿女
并且使他们日益强壮
妈妈呀，您在自己美丽的年华中
渐渐加入了沉重而缓慢的歌唱
在稻田，在后山坡
在灶房，在晒谷场
向每一个新颖的黄昏和早晨
塑造出母亲才有的形象
您终日弓着腰
但心是直的
就像一株飘着红缨的
最挺拔、最饱满的高粱

妈妈，您是不会衰老的
虽然夏天属于穿连衣裙的姑娘
既然您交给了我
一颗永远年轻的心脏
这颗心，就要在您
充满爱和恨的胸膛里
永远地跳荡

因此，我想把这一幅中国地图
贴在历史的墙壁上
让它对准时代的眼睛
收集每一束朝霞般的目光

1984.10.22

我思念山乡

—— 一个大学生的话

1

重庆人，都喜欢炫耀——山
使所有旅游者都受到新鲜的感染
想到山，我就看见故乡，看见
爬满丝瓜和扁豆的栅栏，看见
屋檐边风干的辣椒串，看见
妈妈又走在那一条长满桑林的小湾
正把桑叶和朝霞一起摘去喂蚕
看见忙忙碌碌的父亲
为我腾好的那一角“书房”，和
金黄的谷香、老农们终于舒展的笑脸

热切的心，再一次乘秋风回家
田垅间，每一个村姑柔韧的手臂
都扬亮了一串串日子
和金翅鸟幽蓝色的呼唤

2

夏天的夜晚，妈妈总要哄我
说我是在山沟里被捡到的
（爸爸薅秧，田边茂密的草丛里
恰好传出了一声可怜的哭喊）
我紧紧地搂住妈妈的脖子
生怕她放下我呀
星星般的眼睛，闪出慈祥的光焰

是哟，我也是山的儿子
就该滚爬在土地上，宽阔的摇篮
有一天，我小心地独自站起来了
妈妈牵着我，抱着爱笑的弟弟
走过屋侧的小山包；青青的石板小路
顺着曲曲弯弯的山腰
慢慢地，向神秘的黄葛树垭口蜿蜒

真好，门前有一方小小的堰塘
妈妈淘完了菜，我们就扔石子
把小鸭往中间一个劲儿地赶
但我和弟弟最喜欢捞鱼
清清的小河沟漂流着水色的童年
后来，一场浑浊的暴雨从山外袭近了
阴沉的雷声，发自墨黑的天边

3

现在，我渐渐地习惯了
按期收到父亲汇来的丰产的秋天
而我含泪寄回的，常是一纸
一纸春色般无边无际的思念

故乡的每一座山，都是养育故乡的乳房
永远高耸，永远年轻，永远丰满
我喝过山泉，该具有山的脉搏和血液
我登过山顶，该染上山的威风和庄严
此刻，虽然我站在挺拔的山城
但也后悔呀，忘了带几座
哪怕是很小很小的小山
放在路过的那几块坦荡的平原

Ⅰ1985.3.12

云雾山

你并没有耸入云雾
只是一座突起的峻岭
大庙迷失于老年人的传说
小孩子最爱问那十二个脱险的红军
飘摇的劲松是龙的眼神
默默地噙满古今的雷霆
几把糠壳丢入古井，真的
一天后会浮出百里外汹涌的江心?
绵长的脚尖
嵌在天边蜿蜒的山群
你是想从峰峦的波涛间蹦开的浪花?
或是想挤进深山披一身苍翠的树林?
可不论你面对哪方
都成了这片丘陵乡村的姓名
并向远远指来的乡音
提供越来越近的说明

（注：诗中的云雾山位于四川省营山县城西乡9村）

1986.5.27

七月的黄昏

从沟湾转过来的少女在田边洗手
草背篼上垒了几把清亮亮的苕藤
看够了秧苗扬花的老农捋着胡子
默笑着，边走边合计着今年的收成
小伙子挑着苞谷兴冲冲地回家
不知她有没有看过今晚要放的电影
欢叫着的小花狗跟小主人一块儿
不慌不忙地小跑，赶一路白乎乎的鸭群
树上，窝里的金丝雀啾啾地呼唤着
贪玩的伙伴还在朦胧的竹枝间扑行
而天边，一弯淡黄淡黄的上弦月
已缓缓地浸透了蓝蓝的薄云

远远近近的炊烟
都在房屋上模模糊糊地飘散了

摇着蒲扇的大娘拧响了收音机
院坝上，摆着乘凉用的躺椅和木凳
趁着天色尚未黑尽
媳妇淘完猪草，又要忙着煮晚饭
儿子编着篾席，明早要逛山后的集镇
陪伴老太太的，是乖巧的小孙孙
已仰好了胖胖的小圆脸
又想依照祖母教给的方法
数一数即将从头顶升起的星星

1988.7.22

代跋

DAIBA

As - tre dont la flam - me do - re
Seht ihr Wol - ken sie dann ge - hen
Les mon - ta - gues d'a - len - tour, Por - te à cel - le
sin - nend in dem stil - len Thal, lasst mein Bild vor
que j'a - do - re Un ray - on de mon a - mour!
ihr ent - ste - hen in dem luft - gen Him - mels - saal.
Chantre ai - lé de
Wird sie an den

纵横 80 年代大学生诗江湖的蜀山剑侠

20 世纪 80 年代，由于拥有着对诗歌共同的热爱，来自全国各地高校的大学生诗歌爱好者们高举着理想主义、英雄主义、浪漫主义三面大旗，从四面八方聚集到 80 年代诗坛，组成了一个上百万人参加的具有强大创作力量的大学生诗歌创作队伍。他们这些像群星一样闪烁诗才光芒的学院诗人，创作了一首首脍炙人口的经典诗作，撰写了一篇篇颇有价值的评论理论，组织了一个个团结协作的诗歌社团，创办了一份份质高品佳的诗刊诗报，编印了一部部荟萃精品的诗选诗集，开展了一次次丰富多彩的诗歌活动。他们在校园内，在社会上，在诗坛中掀起了一场人数众多、声势浩大、波澜壮阔、狂飙突进、影响深远、非同凡响、卓有成效的大学生诗潮，在中国当代诗歌史上书写了一页辉煌的经典篇章。

在这场 80 年代大学生诗潮中，有一群才华横溢、青春年少的风云人物在大学生校园诗江湖纷纷出道。他们个个身怀绝技、武功高强，凭借自身具备的诗歌武艺和独门兵器闯荡江湖、纵横驰骋、扬名立万，写下了中国当代校园诗歌史上迄今为止精彩绝伦、荡气回肠的武林传奇。其中，西南师范学院（今西南大学）学生胡万俊就是一位曾经赫赫有名、叱咤风云、纵横 80 年代大学生诗江湖的蜀山剑侠。

在 80 年代大学生诗江湖中，胡万俊不仅仅是一位独步诗坛、具有全国性影响力的优秀大学生诗人，更是称雄武林、具有全国性号召力的大学生诗歌社团领袖人物之一。1983 年至 1985 年期间，胡万俊和复旦大学许德民、傅亮，华东师范大学宋琳、张小波、陈鸣华，云南大学于坚、中国人民大学程宝林、哈尔滨师范大学潘洗尘、湖州师专伊甸、黑龙江大学杨川庆、云南师范大学彭国梁、安徽师范大学钱叶用、兰州大学封新城、南京大学高翔、重庆大学尚仲敏、吉林大学苏历铭和包临轩等一批 79 级、80 级、81 级、82 级在校大学生诗人凭借各自的诗歌才华和组织能力在全国大学生诗人中脱颖而出，成为了在全国大学生诗坛呼风唤雨、闯荡江湖的英雄豪杰。

在中国高校诗歌史上，西南师范学院（今西南大学）堪称一座实力雄厚的重镇。在这里，既有邹绛这样的著名诗歌翻译家，又有方敬这样的著名诗人，更有吕进这样的著名诗歌评论家。在这所大学里，1981 年入学的胡万俊受到了良好的诗歌熏陶和名师指教，从此开始了自己的诗歌生涯。

胡万俊是一个悟性极高、才华横溢、极具优秀诗人气质和社团领袖气质的校园诗人。1983 年 6 月 13 日，西南师范学院（今西南大学）最大的学生文学社团——五月诗社宣告成立。

尽管，建社之初的胡万俊只是诗社的重要骨干成员，但是，由于他先后在《青年文学》《青年作家》《北京文学》《飞天》《红岩》《四川日报》《重庆日报》等几十家报刊发表了百余首诗歌作品，名气越来越大、声望越来越高、影响越来越广，于是，在傅铁成、季澄洪之后他被推选为第三任社长。担任社长后，胡万俊主编了铅印的诗社刊物《五月》诗刊创刊号，编印了铅印的诗歌报纸《校园之春》诗报创刊号，组织举办了一系列诗会、讲座等诗歌活动，使五月诗社在校内外影响极大。

但是，胡万俊是一个有理想、有抱负甚至是充满“勃勃野心”的人物。他绝不满足于五月诗社仅仅是西南师范学院（今西南大学）最大的诗歌社团的现状，他有他的目标，他有他的理想，他的理想就是让五月诗社走出西师，成为整个重庆市、甚至是西南高校乃至全国高校的最有影响诗歌社团之一。

1985 年 1 月，在胡万俊以及重庆师范学院张建明、燕晓冬等大学生诗人的倡导组织下，国内最大规模的大学生诗歌联合组织——重庆大学生联合诗社宣告成立。由于胡万俊在重庆大学生诗人中作品最多、名气最大、影响最广、威信最高、能力最强，因此，他被大家推举为首任社长。1 月 6 日，在联合诗社召开成立大会那天，胡万俊发表了精彩的“就职演说”，阐述了自己的主张：“重庆市大学生联合诗社主旨在于发展我国的大学生诗歌，让目前一浪高过一浪的大学生诗歌潮流自由而浩荡地流淌，让大学生诗歌从《飞天》《长安》《诗人》《当代诗歌》的“大学生诗苑”“大学生诗页”一类的夹缝中脱颖而出，为大学生诗歌开辟一个属于自己的领地。”

重庆大学生联合诗社是 20 世纪 80 年代全国大学生诗坛最重要的一个大型跨校性质的诗歌社团之一，联合诗社成员主要有西南师范学院五月诗社、重庆师范学院星空诗社、重庆大学荒原文学社等 17 家社团，社员人数达到了上千人。联合诗社成立后，在全国高校诗歌爱好者中引起了巨大反响，一时间在高校诗坛名声大噪，并成为了 1985 年中国诗坛的一个重要事件。尤其值得一提的是，该社创办出版的铅印诗报《大学生诗报》，因其发表的诗作质量高、作者阵容强、发行范围广、出版期数多、诗坛影响大而成为大家公认的“中国高校诗坛第一报”！

1985 年夏天，胡万俊告别了自己的母校。临行前，他将自己大学四年发表在全国各地报刊，并曾经入选《中国当代校园诗人诗选》《中国当代校园诗歌选粹》《当代大学生抒情诗精选》《当代大学生诗选》《当代校园诗精选精评》《多梦时节》等全国大学生诗坛各种重要选本的作品结成诗集《诞生的河流》，作为献给母校的一份珍贵的留念。

《诞生的河流》是胡万俊在大学时代完成的唯一一本诗集，更是 1985 年全国高校为数不超过十本的大学生自费诗集之一，只是由于种种原因，最终没有公开出版。他的恩师、著名诗歌评论家吕进为诗集作序。该序言发表在被誉为“中国诗坛第一报”的安徽《诗歌报》头版显要位置上，使胡万俊的名气更加响亮。

从此，他结束了书写四年的大学生诗歌史，将自己的作品、自己的故事、自己的名声留给了母校，将自己的光荣、自己的传奇、自己的辉煌留给了江湖，成为了一位金盆洗手、隐姓埋名的一代剑客，一路绝尘远去。

如今，欣闻胡万俊在时隔 32 年之后即将出版一本诗集，作为他当年诗歌的忠实粉丝和交往多年的诗歌老友，我由衷地为他重出诗歌江湖高兴，并衷心地希望他在重出江湖之后写出更多更好的诗歌作品，重写当年的诗歌传奇，再现当年诗歌的辉煌！

姜红伟

2017 年 2 月 12 日上午

作者简介：姜红伟，1966 年出生，黑龙江人。中国诗歌学会理事，当代著名诗歌史学家、80 年代诗歌史研究权威学者、诗歌资料收藏家，中国第一家民营诗歌纪念馆——80 年代诗歌纪念馆馆长。著有关于 80 年代诗歌历史书稿十余部，三百余万字，在诗坛产生广泛影响，并引发了追忆、怀旧、研究 80 年代诗歌黄金时代历史的热潮。